애월에 서다

황금알 시인선 179

애월에 서다

초판발행일 | 2018년 7월 31일

지은이 | 조선희
펴낸곳 | 도서출판 황금알
펴낸이 | 金永馥
선정위원 | 김영승 · 마종기 · 유안진 · 이수익
주간 | 김영탁
편집실장 | 조경숙
표지디자인 | 칼라박스
주소 | 03088 서울시 종로구 이화장2길 29-3, 104호(동숭동)
전화 | 02)2275-9171
팩스 | 02)2275-9172
이메일 | tibet21@hanmail.net
홈페이지 | http://goldegg21.com
출판등록 | 2003년 03월 26일(제300-2003-230호)

ⓒ2018 조선희 & Gold Egg Publishing Company Printed in Korea

ISBN 979-11-89205-10-2-03810

*이 책은 문화체육관광부, 제주특별자치도, 제주문화예술재단의 기금을 지원받아
  발간되었습니다.
*이 도서의 국립중앙도서관 출판예정도서목록(CIP)은 서지정보유통지원시스템
  홈페이지(http://seoji.nl.go.kr)와 국가자료공동목록시스템(http://www.nl.
  go.kr/kolisnet)에서 이용하실 수 있습니다. (CIP제어번호 : CIP2018022881)

애월에 서다

조선희 시집

황금알

다시 길을 나섰다

눈에 들어오는 풍경

새삼 살아있음이 감사하다

나마스떼Namaste!

2018년 5월

조선희

차 례

1부 기억의 저쪽

2부 노크를 부탁해

3부 봉인을 풀다

1부

기억의 저쪽

소리를 훔치다

문을 닫다가 탕,
엄지 손톱 물렸네
검붉은 피멍
손톱이 자라나듯 일어서는 그 소리
누군들 생의 한때
아픈 사연 하나쯤 품고 살지 않을까
저 달이 환히 차오르기까지
무던히 지나갔을 어둠과 소리, 소리들
달은 슬금슬금 문지방을 넘나들고
피멍 든 손톱 위
애달픈 사연 하나 매달려 있어
가만히 귀를 열고 소리를 훔치네

섶섬의 남자

— 한기팔 시인

일상은 짧고 사건은 긴 봄날입니다

방목된 시인이
섶섬을 마주하고 앉았습니다

자판기 커피는 벌써 식었는데

바다를 풍경으로 취해버린 남자는
사연을 끌어안고 오래된 시간 속으로 갑니다
떠나버린 그녀,

섶섬이
나이를 잊은 채 웁니다

가슴 열어 보이며 찰랑찰랑 웁니다

비릿한 바람 한줄기 머물다 갑니다

물들어 있는 길

사려니 숲길은 생각이 물들어 있다

흙길에 깔린 이야기

한 송이 집어 들어 시신경 속에 담는다

한 발 두 발 내딛는 걸음

때죽나무꽃이 그 위를 덮고

초록 그늘 너머

아슴푸레하게 길을 잡는다

생각에 갇힌 길은 끝나지 않아도 좋다

찌든 세파 끝자락까지 물들지 않아도 좋다

기억의 저쪽

골목길엔 삼촌이 있습니다
대문은 놔두고
헐거운 우미 망사리를 진 채 돌담을 넘으려
안간힘 씁니다

생각은 허옇게 슬었는데
물때만 되면 바다로 내 달립니다

장롱 속은 온통 파도뿐

기억의 저쪽은 늘 출렁입니다

애월에 서다

무더위는 좀체 가실 줄 모르고
사는 게 버거운 날
시외버스를 타고
첫사랑 이름 애월, 이라고 말하면
붉게 물든 바다 저편
그리운 달의 난간에 내려주겠지

그동안 고생만 했을 두 발
찰방찰방 담그고 눈을 감으면
포기하지 말고 힘내라는 간곡한 말
촘촘하게
복사뼈 깊이 새겨 주겠지

산다는 답이 보이지 않을 때
눈을 감고
속 깊은 당신을 떠올리면
메마른 안쪽에도 어느새 밀물이 차올라서

홀로 난간에 앉아
다음을 기약하는 애월

떠나버린 봄

남들이 독감을 심각하게 이야기할 때
내심 코웃음 쳤다
매일 가로수를 바라보며
벚꽃이 피기만을 기다렸다

봄을 알리려는 듯 찔끔,
꽃망울 터지기 전
아주 은밀한 입술로 인사를 건네려는데
된통 걸렸다

병원 가서 주사 맞고 약 먹고
누워서 며칠 앓고 난 후
펑펑 꽃비가 쏟아질 것 같은 거리

없다!

기억만 푸릇한

잎사귀 따라 떠나버린 봄

봄날 가듯

1910년 7월 2일생 이경생씨가
나들이 나선다

가난한 광산 김씨 종손 집에 시집와서
남의 집 품팔이만 하던 여자
자식들 배불리 먹이는 게 평생소원이던 여자
훌쩍 일본으로 밀항 간 아들 그리워하다
끝내 못 보고 피 토하며 눈 감은 여자

제비꽃 총총 따스하게 핀 봄날
묘적계도 없는 남루한 집을 떠나
영정 속의 자신보다 더 늙어버린
칠순의 자식을 따라
납골당이 있는 천왕사로

'연분홍 치마가 봄바람에 휘날리는'
노래 가사처럼
봄바람이 젖은 눈시울 말리는 사이
숲은 눈물을 찍으며 초록으로 넘어간다

꿈꾸는 유배

오늘도 사내는 잠을 잔다

조천 연북정 돌계단 옆 손바닥만 한 잔디밭
바람은 그의 편을 들어 준 적 없으므로

안식은 꿈속에서나 가능한 일

다 해진 두루마기 사이
가을볕 따갑게 내리쬐거나 말거나
파리 떼 온몸을 헤집고 다녀도
아랑곳없이

꿈처럼 아득한 수평선,
두고 온 어머니와 처자식

돌아갈 날 언제인지

막막한 잠속에 들어
내일을 응시하는 사내

사이

나도 모르게 고집이 옹이졌다

내려놓아야 하는데 조바심만 가득하다

어긋난 인연, 사는 게 버거운 관계와 관계 사이

이러지도 저러지도 못하는

사이와 사이사이

나의 시詩

나의 시는 언제나 낮은 곳으로 향하지요
당신이 읽는 데 전혀 힘들지 않습니다
마음을 숨겨 놓았거나
행간에 보물을 심어 둘 수 있으면 좋으련만
울타리 안에서 벗어나질 못해요 간혹
사다리를 타고
무변한 우주로 가는 날이면
참기름처럼 고소함 더 하겠지만
여전히 도돌이표 생계형이라는 한계, 아시죠
언제나 당신을 적셔줄
촉촉한 빗소리를 찾아 헤매지만
늘 그러하듯
외로움은 쥐어짜도 안 되는 일
나의 시를 읽기 전
소금을 챙겨 놓고 중간중간 간을 치면
그런대로 읽을 만하지 않을는지요

꽃, 피다

한의원은 늘 꽃들의 수다

오늘은 채송화가 피었으려나
화들짝, 해바라기까지 피어났는지 몰라
검정 흙이 빠지지 않는다며 하소연하는 할머니

팔순 넘기고 꽃이 피기 시작했다는데
빨간 사루비아도 한창
노란 만수국도 제철
손톱마다 삐뚤삐뚤 피어나서

앙증맞은 꽃무리 너머 나비까지
침 끝에 붙어 파르르르

더는 아프지 말라는 듯
일제히 고개를 치켜든

깜박거리는

신호등 깜박거리는 동네 어귀
이웃집 철수가 교통사고로 떠났다는데

제대하고 복학할 거라며 환히 웃던 청년 깜박,
그날이 철수 아버지 제삿날이라는데

소문은 불길처럼 번져서
그 집 돈까지 감쪽같이 없어졌다는데

깜박, 정신을 놓아버린 철수 엄마
며칠 후 부엌 솔잎 더미에서 돈을 찾았다는데

멀리 교차로 신호등 깜박,
깜박거리는

조등

"내가 죽고 치매 아내만 남으면 자식들에게 폐 끼쳐"

바람이 실어다 준 소문

한날한시에 죽는 게 소원이라던

저수지 저쪽

사과 꽃 흔들리는

하관

하늘에는 기척이 있을까

고인에게 마지막 인사를 하고
장지 옆 천막에 앉아
하얀 쌀밥 고봉으로 뜨는데

저쪽은 말이 없고

이쪽은 죄업으로
밥 한 끼 맛있게 먹어주는 일

아직 살아있는 것들은 너도나도 목구멍 속으로
거친 호흡 집어넣고

곡소리에 묻힌 퀭한 하늘

툭, 떨어지는 저쪽

2부

노크를 부탁해

매화꽃 피면

매화꽃 피었는데
그대 뿌리에 가 닿을 수 있을까

눈길 머무는 저쪽

겹겹이 쌓인 시간

후, 불면 날아갈 것만 같은

문장의 끄트머리에서 흔들거리는 그대

매화꽃 다시 피면
두 손 마주 잡고 단단히 서 있을 수 있을까

쌈에 대한 예의

어쩌다 처음 만난 우리가
쌈밥 집에 마주 앉게 되었을까
솥뚜껑엔 삼겹살이 노릇노릇 익어 가고
소쿠리에 가득 담긴 상추 깻잎 곰취 쑥갓
어머니는 항상 말씀하셨지
음식을 버리면 벌 받는다고
쌈을 싸서 먹는 건
가슴속 밑바닥
조곤조곤 씹어서 삼키라는 뜻이라고
마음 안 울화병이 자리 잡기 전
힘든 일 있으면 소리 내어 씹으라는 말씀
윗입술과 아랫입술은 최대한 멀리
상추 한 장에 쑥갓을 곁들이고
생마늘과 쌈장을 얹어 소리 내어 씹어야 해
마주 보고 앉은 당신, 이건 아니지
힐끗 곁눈질만 하지 말고
안 보여,
복이 문밖으로 슬슬 새고 있잖아

단풍잎 그날

그늘을 만드느라 매미 우는 사연 귓가로 흘렸더니
가지에 걸린 속옷 햇살에 붉게 타네

이맘때면 뭇 사내들 들떠서 침을 꼴깍,
수줍은 몸 샅샅이 훑으며 겁탈을 하던 눈동자

쉬잇, 지나는 바람도 숨죽여야 해
봐,
구석구석 찍힌 화인火印

산당화도 이보다 진할 순 없어
노오란 달빛도 이보다 고울 수는 없을 거야

불타는 마음 삭이느라 밤새 열꽃은 피었다 지고
두툼한 입술, 살 떨리던 그 날

깊은 곳 가득 붉은 물 차올라서

못 견디게 그리운

당신도 그렇지 않아?

노크를 부탁해

사과껍질 벗기기 전 톡, 톡, 벗겨도 되냐고 물어보는
바보짓은 하지 않아 두 눈에 가득 저장한 걸로 대답을
대신할게 이미 너는 가을에서 겨울로 가는 길목을 타고
오른 담쟁이보다 더 붉어 단내가 골짜기 타고 흐르는데
어디로 스며들지 모르는 너는 늘 나를 설레게 하지 서툰
손놀림과 요염한 언어의 행간 사이로 깨물고 싶다고 나
직하게 물어보는 건 기본 에티켓, 살짝만 깨물어주세요
여러 갈래로 나누어진 마음은 추워서 싫어요 하얀 속살
드러내며 입맞춤을 허락하는 너, 붉은 옷 벗겨내기 전
마지막 의식을 시작할 거야 톡, 톡,

매일 쓰는 편지

언제나 그러하듯
오늘 이 편지도
너에게 가지 않을 것임을 안다
늘 걸어 다니는 길에
우체국이 늠름하게 서 있고
사람 좋은 집배원이 인사를 건네면
비자나무 아래 빨간 우체통
환하게 웃음 짓겠지만
어제도 그러했고
그제도 그러했다
너에게 보내는 사연은
마침표를 찍지 못해
매일 쓰다가 마는 편지로 남는다
창문을 두들기는 빗방울이
슬픔으로 흘러내리기까지
너에게로만 가는
나의 문장부호는 아직 끝나지 않았으므로

그래도 그립다

아무도 없는 섬에서
산다는 건
바다를 닮아가는 일이었네
파도를 껴안아야 사는 일이었네

불면은
당신, 아니면
나로부터 시작되었네

보 · 고 · 싶 · 다
바람에 절여진 토막말
문장을 낮게 진설해 놓으면
저녁이 느리게 찾아오는

이 섬에서는
당신을 떠나보내는 일
차마 못 하겠네

무섬에서

가만가만 보게 되네

에둘러 굽이도는 물줄기

외나무다리 걷다가 마주친 눈동자
슬쩍 비켜서는 이유 알겠네

떠나는 이의 젖은 어깨너머
상처 따라 흐르는 이야기

무섬에 와서 절로 알겠네

간당거리는 일상을 젖히고
딱, 보름
머물고 싶네

추억은 벚꽃처럼

502번 버스에서 소녀들이 내린다
버스 떠난 자리엔
오가는 이야기마다 이파리가 자란다

파릇한 웃음소리 오래 기억하고 싶어
벚나무 아래 의자에 앉아
오늘의 일기를 꼼꼼하게 써 내려간다
숲으로 사라진 소녀들 숫자와
꽃비로 사라져 갈 느낌도 미리 적어 본다

남은 생의 일부를 저당 잡아
퐁퐁퐁 피어나는 무리 속
단발머리 하얀 칼라, 꽃구경을 나서던
그 소녀 만날 수 있을까

먼 훗날
숲에서 나온 소녀들
하르르 날리는 벚꽃을 바라보며 눈물 훔치겠지
오늘의 나처럼

진행형 연애

길을 걷다 동네 오빠를 만났다
학창시절 잠 못 이루게 하던
하얀 제복 그 모습은 아니지만
입술이 촉촉해져야 부를 수 있는 호칭
서로 안부도 물어보고
더 멋있어졌다는 추임새도 넣어보고
그날의 설렘
비엔나커피 한잔,
생크림도 묻혀 가면서
마른 사막 빗줄기 기다리듯

오~~~옵, 빠~~~

변덕에 젖어서

꽃잎 흐드러진 날

분홍낮달맞이꽃 하늘거리는데
이미 부풀 대로 부풀어서

핫립세이지 치마를 들추는데
그만 종아리를 내보이고

봉숭아꽃 손톱에 물들이는데
벌써 첫눈 기다리고

앙증맞은 앵두
붉은 입술 내미는데 그만,

다음 생을 언약하고

앞집 여자

앞집에 새 여자가 들어 왔다
그전 여자는 무뚝뚝하고
옷도 후줄근했는데
붉은색이 잘 어울리는
육감적인 몸매와 세련된 말솜씨
은근히 신경 쓰인다

내일 지구가 망해도 어쩔 수 없어요
사랑할 때만큼은
서로 으스러지게 껴안고 오늘만 존재해야죠

이불 속에 누워
앞집 여자가 건네준 사랑 이론을 되새기는데
심장에 꽂히는 그녀의 달뜬 목소리

밥을 잘 저어 주세요. 쿠쿠

잔비어스*

우연히 마주친 간판

잔은 채워야 제맛이라는데
너도나도 노래 부르기 바빠서
맥주잔을 채워 주는 이 없고

깐깐하다고 소문난 부장님, 어떡하죠
눈치껏 잔을 채워주는 센스?

봄 향기에 빠져서

거품이 일 때까지
목울대가 삭기까지

내 잔은 비었노라, 시청 앞
잔비어스

* 주점 상호

달의 몰락

회식을 마치고 찾아간 노래방이에요
학창시절에도 이렇게 열심히 공부한 적 없어요
18번 찾아 노래책장 넘기는데
후배가 달 타령을 부르네요
화면 가득 둥글고 환한 보름달이 곡진하게 매달려
간주 사이로 웃고 있어요
인생의 단맛 혀끝에 살짝 매달고
쓰리고 아린 맛은 보이지 않게
과거는 전부 뒷골목에 있는 거라고
당신과 함께라면 밀항도 꿈꾸었을 시간
달의 뒷골목에 예치해 놓고
복리로 하루를 견뎌내지요
아니, 이런!
정월에 뜬 달이 동짓달로 넘어가요
다음은 내 차례인데
누가 불러 줄 사람 없을까요
보름달이 기울기 전

동백꽃 피기까지

네온사인도 없네요
동백여관 간판은 금방 봄바람에 날아갈 것 같습니다
시간의 더께를 입어
늙은 동백나무 한 그루 마당에 서 있습니다
그래도 매해 잊지 않고 피어나
세 들어 사는 노처녀 미순이를 설레게 하지요
오메, 어쩔거나
내 가심이 불붙어야!
뜨거운 숨결에 귀퉁이에서 졸고 있던 세숫대야
반짝, 윤이 흐릅니다
바다만 바라보며 수행 정진 중인 삽사리도 몸을 일으켜
지그시 웃어 보입니다
동백꽃을 보면 옛일이 그리운지
평소 말이 없는 주인아주머니 나직나직
이미자의 동백아가씨 한 소절 뽑아 보는데요
가슴 속에 동백꽃 피어나면
우리 모두 붉게 물든 새색시 아니던가요
수많은 밤 그리움에 지쳐 꽃송이 떨구는데
떨어진 동백꽃이 내내 붉은 이유가요

아직도 첫사랑을 닮은 사내
쿵덕거리는 가슴 때문은 아닐는지요

3부

봉인을 풀다

아버지

집 마당 산당화

붉은 꽃망울 터질 때까지

말없이 바라보던

아버지

모과

아파트 후미진 곳
풍경으로만 서 있는 모과나무

짱짱한 가을볕에 숨을 곳 없다

어느 해 사월, 골막마을 예배당
모과나무 가지 뚝뚝 떨어져 나가던 날
할머니 품에 안겨 겨우 목숨 건진 아버지

한순간 고아가 되고
한순간 철들어버린

숨을 곳 없이
아슬아슬 매달려 있는

곰국

소뼈를 사다가 솥에 넣으며 생각한다
얼마나 많은 날
뼈에 붙은 살이 저절로 떨어질 때까지
아버지 이야기를 우려냈던가

4.3으로 고아가 되어버린 아버지
딸은 다섯을 낳았지만
아들 하나 얻겠다고 묘소도 이장하고
온 동네 들썩이게 굿판 벌이고

솥 안 거품은 부글부글 끓어오르는데

남의 집은 열심히 고쳐주면서
어머니 타박이 이어져서야 집안 곳곳
살피시던 아버지

목욕탕 갔다가 피부병에 걸린 딸들이 안쓰러워
부엌 한쪽에 만들어 준 예쁜 욕조

책상과 의자, 나무침대, 비자나무 바둑판
고운 결 어루만지던 손길까지
삶의 고명이란 걸 안다

구멍 숭숭 뚫린 뼈다귀를 추려내면서
아버지, 소뼈 같은 손바닥 사이
오십 줄 철없는 딸
오랜만에 나무의자에 앉아 우려낸 곰국 들이켜며
훌쩍훌쩍

아버지의 시詩

시 한 편 꼭 써 볼 요량으로
몇 줄 썼다가 지웠다가
화창한 날 이게 뭔 청승인가 싶어 책을 덮으려다
아니지,
그래도 해 봐야지

아버지, 늘그막에 배운 목수 일

집 한 채 짓기 전
먼지 쌓인 창고 백열등 밑
시詩처럼
창문도 내고
따스한 온기까지 집어넣어
햇살과 바람 편히 머물다 갈 수 있게
설계도를 그리다가
닳아진 연필과 지우개

발등에 수북이 쌓인 종이들
쓰네, 못 쓰네 하는 얄팍한 마음

자꾸만 떠오르는 아버지의
시詩

괭이밥

나는 엄마 너는 아빠야
동생은 젖병을 입에 물고 아기가 되고
집은 양지바른 곳으로 정했다

노란 괭이밥으로 밥을 짓고
반찬은 지천으로 자란 풀
오목한 돌멩이에 밥과 반찬을 얹으며
유년의 기억 담아낸다

술을 과하게 마신 아버지를 피해
한밤중 비 내리는 처마 밑에 서 있다면
그건 너무 쌉쓰름하네
애써 그릇에 담을 필요 있을까
눈물 흘리는 엄마를 보며 함께 울었다면
그건 너무 짜네

세월이 쌓인다는 건
좋은 기억만 저장하고 싶은 간절함
노란 괭이밥을 바라보며

닳아진 소매 끝으로 콧물 훔치던
여자아이
봄 햇살 받으며 환하게 피어난다

노랗게, 더 노랗게

가족

중학교 2학년 겨울방학
하루 일당 2,500원,
어머니 성화에 밭으로 나가 당근 캐고

하루 노동은 끝났다
큰길까지 등짐지고 나가야
일당을 받을 수 있는데
다섯 마대가 할당이다

어머니는 일에 서툰 딸을 위해
여섯 마대를 짊어지고

두 살 아래 여동생
비실한 언니를 위해 아무 말 없이
여섯 마대를 짊어지고

비밀은 밤에 자란다
— 어머니가 낳으면 가고, 또 낳으면 또 가버린 남동생들

오래전 골목 끝에는 아기들이 살았다는데 조그만 하늘
집에서 도란도란 살 비비던 아기들 비가 오면 빗물에 쓸
려서, 동네 꼬마들은 그곳에 누가 살고 있는지 알았다는
데 밤이면 우르르 몰려나와 술래 잡느라 들썩이던 골목
건너 야트막한 아기집 자리에 들어선 읍사무소, 환한 가
로등길 누비는 소음과 함께 깊은 한숨 소리 사라졌다는
데 언제 그랬냐는 듯 아버지 담배 연기에 묻혀서

밤마다 비밀처럼 어머니 눈물도 사위어 갔다는데

아무 일도 없다는 듯

자고 일어났더니 생겨난 다래끼

아침 밥상에 둘러앉은 동생들 토끼눈
왈칵, 겁이 났다 학교는 어떻게?
장난꾸러기 짝꿍 철수가 그냥 지나가지 않을 텐데

엄마는 통시가 있는 곳으로 어린 나를 앞세웠다
똥돼지는 발걸음 소리만 듣고도 야단법석을 치는데
아, 햇살까지 지그시 바라보는데 돌담을 두른 통시 앞에
서 눈을 감게 하고 작은 손 위에 꺼칠한 손을 얹은 후 큰
의식을 치르듯 돌을 뒤집고 다시 뒤집어 놓게 하는데

주술이 먹혔는지
다음 날 왼쪽 눈 위 다래끼가 눈 아래로 옮겨갔다
불편한 눈 찡그리며 통시 갈 때마다
똥돼지는 지긋이 바라보기만 하고

며칠 후
아무 일도 없다는 듯 다래끼 나았다

꽃샘추위

드디어 꽃샘추위가 시작된다네요

하던 일이 끊기고
온종일 집 안에서 뒹굴뒹굴
일교차가 심하니 감기 조심하라는 TV 기상캐스터

기름값 아낀다고 냉방 이불 속에 웅크리고 있을 엄마,
추우니 밭에 가지 말라고 당부도 하고
감기 걸리면 약값이 더 나온다고 협박도 합니다
돈 벌어서 어느 서방 줄 거냐고 은근슬쩍 농담도 건네
지요

이만한 바람은 아무 문제 없다고
전화기 너머로 쌩쌩한 말 들려옵니다

가방 속에 넣어둔 몇 통의 이력서
바람 따라 이리저리 흔들립니다

다시, 고사리

음력 삼월 십 일쯤이면
온 사방에서 기웃거리는 통통한 고사리로
몸살을 앓는다

돌아가신 형님은
제사상에 올리는 고사리는 직접 꺾어야 한다며
이른 새벽 고사리 많은 장소로 데려가곤 했다

대를 물려 며느리에게 전수하고
선수 되는 비법도 현장에서 알려주었는데
고사리를 꺾는 순간
눈은 다음 꺾을 고사리를 봐야 한다고 누누이 강조하
셨다

고사리가 나면 동네 사우나에서는 괴담도 쑥쑥 자랐다

여자 둘만 열심히 고사리를 꺾다가 혼자 남게 되었는데
아무리 불러도 대답은 없고
마침 멀리서 걸어오는 남자의 모습,

겁이 나서 얼마 전 이장해 간 빈 봉분 안으로 숨었다는데
이제는 갔겠지 싶어 고개를 내밀자 딱, 마주친
남자는 귀신인 줄 알고 기절했다는데

한 뿌리에 아홉 형제
꺾고 뒤돌아서면 금방 돋아나는 고사리, 시집살이는
허리를 낮추고 아래만 바라보는 고사리처럼 해라

형님의 목소리 지척에서 들려오고
올해는 또 무슨 소문을 먹고 살찌려는지 소리 없이
들녘을 적시는 장맛비

어머니

보경사 대웅전

저물어 가는

어머니 오른쪽 어깨

서산, 넘어가고 있다

그곳에 가면

나른한 오후, 벚꽃 잔뜩 싣고 출발하는 700번
서귀포행 버스

종려나무 우뚝 솟은 그곳에 가면
외돌개에 묻어 둔 사연 하나쯤 함께 하겠지

버선발을 하고 버스에 오른 서귀포,
발음만으로도 뜨거운

배낭 하나 달랑 메고 구석구석 휘젓고 다니면
담쟁이도 고사리손 내밀 듯한데
예고편이 준비된 인생도 있을 것 같은데

사막에서 오아시스를 만난 것처럼

이리저리 두리번거리는
어머니

봉인을 풀다

삼월 보름날
떠난 자와 만나는 시간, 피붙이들
상처로 쌓인 기억을 꺼내
들여다보지만

"뇌수술 헤나수꽈"
유골을 수습하던 장의사의 말

뇌수술 두 번에도 과묵하게 입을 다물더니
이제야 봉분 안에서 술술 풀리고
조각난 봄볕이 기억을 모아 퍼즐을 맞춘다

어른들은 말했다
"마지막엔 잠깐이라도 정신이 돌아올 거여"

전하지 못한 말은 각자의 상처로 상속되었다
아버지의 유언은 서러운 눈물 줄기

"멧 술에 돌아가수꽈"

쉰 두 술에 마씀

내 나이가 딱 그만큼이다

엄마의 보약

날짜를 몇 번이나 놓치다가 병원으로
검사받으러 간 엄마

혈압약 고지혈증약 골다공증약
기억나는 대로 말했더니

젊은 의사가 환히 웃으며
꾸준하게 드세요
보약보다 더 좋은 거예요

딸만 다섯 낳고 무슨 염치냐고
눈길 한 번 주지 않았던 보약

늘그막에 복이 터져
호사를 누리고 있다며

깜빡 잊고 말하지 못한
치매 예방약까지 손에 들고

배추꽃처럼 환하게 웃는 엄마

4 부

오래 사는 집

오일장

추억을 사러 오일장에 갔다

호떡을 바람에 버무려 먹었다
어묵은 웃음을 넣어 푹 우려냈다
도넛은 날씨에 맞게 튀겼다
고무풍선처럼 부풀었던 어린 시절

가는 곳마다 지갑을 열고 흥정하다가
장터 끄트머리 후미진 곳
손가락 걸며 콩닥거리던 시간까지 죄다
덤으로 사고 싶다

떨이처럼 매화가 피려는지

내내 오일장을 기웃거리던

꼬시래기

보길도에서 황칠주 한 잔을 받아 마셨다
건네주는 아낙의 손마디가 팔순의 노모 같아서
한 번도 먹어 본 적 없는 꼬시래기를 샀다

아, 그라께 쉬워라우
물에 불렸다가 새콤달콤하게 무쳐 먹으면
여름 냉면 저리 가라라우
다이어트에도 좋고 간에도 징하게 좋고

우연히 찬장을 뒤지다 발견한
꼬시래기 한 봉지
일 년을 잘 숙성시킨 조리법을 떠올리며
무쳐서 한 젓가락 집었더니
씹히는 질감 따라 몽돌 소리가 들려왔다
그날 밤 만난 보름달도 따라왔다

만병통치약을 외치던 아낙네

보길도에서 지냈던 시간이
꼬시래기처럼 입안에서 씹히고 있다

생각해 보면

야한 생각을 하면 머리카락이 빨리 자라요

누가 이 말을 했던가
곰곰 되짚어보면 책 속의 여주인공이 시간이 흐른 뒤
무심하게 나타나 머리카락을 뒤적이며 페이지 속으로
들어가기 전 남긴 말 같기도 하고

추억 속 그대가 별자리를 헤집고 나와 야한 생각을
주입했던 주술 같기도 하고

바다가 보이는 미용실에서
주인 여자가 가위에다 마법을 걸어 싹둑 잘린 머리카락
누군가 찾아올 것만 같은데

곰곰 생각해보면 찰랑이는 긴 머리 좋아했던 그 남자
아직 자라지 않은 내 머리카락 만지며 귓불에다 살짝,
따스한 바람 불어넣어 줄 것만 같은데

통점

남자도 힘든 밀감 바구니 나르고 나면
일당보다 갑절로 돌아오는
관절의 아우성

한 번에 해결할 거라고 시원하고 화끈한 파스
붙일 때마다 염불하듯
사는 게 다 거기서 거기지 뭐, 뭐, 뭐,

구부러진 손마디 입김으로 녹여가며
꼭꼭 짚는 그 자리

무거워진 하루가 깊게 뿌리 내린다

궨당 오빠

선거철 뜨거운 바람이 불면
제주에서 귀한 대접을 받는 말
"이당 저당 필요 없고 궨당이 최고우다"

이리 보고 저리 봐도
닮은 곳 전혀 없어도
한글 성씨가 같다는 이유로
궨당 오빠가 생겼다

누가 시낭송을 재촉하면
멋쩍은 듯
어색한 미소 한 번 짓고
백석의 출생부터 자야와의 만남까지
굽이굽이 잘도 넘어가는

오빠가 '내가 백석이 되어'를 낭송하자
모두 자야가 되어
길상사 뜨락을 하염없이 거닐었다

그날 이후
제주에서는 뭇 여인들이
백석을 찾아 밤거리를 나다니고 있다는 소문
궨당 오빠는 알고 있을까

볕 좋은 날

사람이 왕창왕창 죽어 나가던 시절
야학에서 딱 한 달 한글을 배웠다는 할머니
제주시 오일장 한켠에 만병통치 약초를 진설해놓고
직접 쓴 약초 이름과 원산지표시

비단쵸– 제주샨
산벽초–제주도
민들내–제주샨
오갈피뷸이– 국내산
혀계낭– 제주샨
명개뷸이– 제주샨
당귀– 강얀도
누눅뷸이– 강얀도
마양자– 제주도
우실– 제주

쓰면 쓴 대로
갈기면 갈긴 대로
맞춤법도 성글성글

내뱉는 발음 따라 익어가는 약초들

오래 사는 집

긴 골목, 아흔셋 할머니
굽이도는 돌담 따라 눈길을 주고 있다
지나온 날이
흑백 사진처럼 느리게 지나고 있는지
무리 지어 핀 백합도 잊은 채
자식들 얼굴 보기 힘들다고
오랜만에 사람 꼴 본다고 푸념하듯 말을 건넨다
옆집 살던 친구는 자식들이
오래 사는 집으로 데려갔다는데
언젠가는 가야 한다며
들어가면 나오기 힘든 요양원 골목길
푸석한 육신을 짚고 서서
초점 없이 오래도록 집 쪽만 바라보는

단단한 마을

땅값이 어마어마하게 오르고 난 후
마을 사람들 바빠졌다

한 평이라도 더 찾기 위해
부지런히 측량을 하고

대문을 잠그고
현금 전대를 차고

마을을 지키던 팽나무
마당에 조경수로 자리하고

억, 억이란 말에도 흔들리지 않는
단단한 우리 마을

수상한 골목

동네 지관이 말했다네
이 골목 남자는 단명하고
여자는 오래 살아남는 터인데 괜찮냐고

그래도 아버지
뿌리를 내려야 했는데
갈 수 있는 데까지 가보자 했다는데

여섯 가구 사는 골목 안
매일 술로 지새던 앞집 박씨
교통사고로 비명횡사한 팽나무집 정씨
본처에게로 가버렸다는 육지 남자

동네 남자들 야금야금 사라져 가고
거친 손등의 여자들 바람처럼 내뱉는 말

"죽기밖에 더 하겠어!"

오늘도 사라진 남자들

아무 일 없었다는 듯 슬쩍,

평대리 이끼 낀 골목

수런대는 동네

침묵이 풍경처럼 자리한 동네

여행 온 처녀가 죽었다는데

팽나무, 불안한 눈빛

오래 산 게 죄스럽다고

수런거리는

참 쉬운 말

누군가 물어올 때마다
쩍쩍 달라붙는
게메 양
게메 마씀

확실한 부정도
확실한 긍정도 아닌
맨도롱 뜻뜻흔 언어의 온도

매번 어중간한 답이 맘에 안 들었는지
어느 이가 진단을 내린다

좌파인게!

참, 쉽다

먼 북녘이 화살처럼 온다

세우리

가을볕 깊은 날
서울에서 내려온 문인들과 비자림을 거니는데
방언은 언제 들어도 모르겠다며
'무'는 어찌 부르는지 묻는다

눔삐 마씸

'무'는 추수가 끝난 빈 들녘
한 줄 문장을 끄적이는 선비 같고
'눔삐'는 왠지 흙먼지 잔뜩 쓴 머슴 같아 보이는데

경상도에서는 부추를 '정구지',
제주도에서는 어찌 부르는지 재차 묻는데

세우리 마씸

무얼 세우는데요?

무심하게 말했을 뿐인데

비자나무 뿌리까지 확 뜨거워지고

설마, 세우리?

좌보미오름

부부동반으로 좌보미오름을 찾았다
가쁘게 숨을 쉬며 오르는데
앞장서 걷는 이 하는 말

힘들긴 허다
마흔 중반 넘어사난 ᄒ루가 ᄐ난게
이젠 밤일도 힘들어졈서

우스갯소리려니, 들은 말 바람에 날리는데
뒤쳐져 끝말만 주워들은 아지망

어떵허코 마씸
게민 늡이라도 빌려 안넵니까?

오름에 묻혀 심심했던 조상들
ᄌ미졍 웃는 소리 들려왔다

뒤란으로 가는 잠

매주 찾아뵙는 고계순 어르신
첫 대화는 언제나 똑같습니다

우리 현자 알아져?
삼춘, 현자하고 나는 친구우다

집안은 그을린 냄새로 가득합니다
가스 불에 냄비 올려놓고
방안에서 티비 보다 깜빡했다네요
화재경보음이 울렸지만
소방차가 지나가는 줄 알았답니다

창문을 죄다 열어젖히는데
자식들에겐 비밀로 해달라며 거듭 당부합니다

가족들 힘들지 않게

꽃향기 가득한 뒤란에서 조용히
잠들고 싶다는 어르신

어느새 눈가에 이슬꽃 피었습니다

깊숙한 당부

서월 사는 아들이 소분ᄒ레 왓단
이번엔 꼭 ᄃ령가켄 굴암신게
웬만ᄒ민 안 가보젠 헤신디
그게 ᄆ음대로 안 뒘서
귀영 눈이영 다 왁왁헤지고
비만오민 ᄆ저 간 막냇똘 생각에
눈물만 팡팡 나고
샛ᄇ름만 불민 제정신이 아닌고라
머리도 히여뜩헤불고

서월 간 엇어도 놈이 집이렝 생각ᄒ지 말앙
이녁집이렝 생각ᄒ멍
뒷마당 고치영 깻입이영 ᄐ다당 먹곡
우영팟 호박도 익걸랑 탕 가고
올리는 비제도 하영 둘려시난
ᄇ름 분 다음 날에랑 와그네 비제도 봉강가곡
평대 사름이난 비제는 먹을 줄 알테주
쪼락져도 먹을만 ᄒ여
삼춘네 집이렝 셍각허멍

84

ᄌ주 들여다 봐주민 좋으크라

서월 아들네 집으로 올라가기 전
다랑쉬오름에 눈길 ᄒ 번 주고
ᄂ시 말을 잇지 못ᄒ던 이웃집 삼춘

해설

낮은 곳으로 흐르는 물길 여행

이 경 호(문학평론가)

1. 물의 이치를 따라 쓰는 시

물의 이치처럼 시를 쓴다면 어떤 시가 나올까? 사방이 물로 둘러싸인 제주도에 살면서 시를 쓰기에 시가 물의 이치를 따르는 것은 자연스럽다. 그러므로 물의 이치를 따르는 시를 쓰려고 할 때 동원되는 관찰의 시선이나 상상력은 낮은 곳으로 나아가는 흐름을 주목할 수밖에 없을 것이다. 조선희 시인 스스로 자신의 시세계에 대한 자의식을 그런 이치와 연계시켜 고백하고 있기도 하다.

나의 시는 언제나 낮은 곳으로 향하지요

당신이 읽는 데 전혀 힘들지 않습니다
마음을 숨겨 놓았거나
행간에 보물을 심어 둘 수 있으면 좋으련만
울타리 안에서 벗어나질 못해요, 간혹

　　　　　　　　　　　　　－「나의 시詩」부분

　자신의 시가 "낮은 곳으로 향하지요"라고 고백하는 마음은 무엇보다도 자신의 시가 수월하게 읽힌다는 사실을 토로하게 만든다. 시가 수월하게 읽히는 사실이 문제가 되지는 않는다. 흐르는 물이 고이지 않아 맑게 속이 들여다보이듯이 시란 본래 수월하게 읽히도록 만들어졌다. 시가 노래였던 시절의 특징이다. 시가 노래처럼 불린다는 것은 시에 리듬이 있다는 말이다. 물이 낮은 곳으로 흐르듯이 시도 노래처럼 소리를 내며 흘러가는 음악과 한몸이었다. 시는 수월하게 읽히면서 몸에 새겨지고 기억되었다. 그런데 수월하게 읽힌다는 것과 상투적으로 읽힌다는 것은 다르다. 좋은 시는 수월하게 읽히면서도 깊은 여운을 남기는 뒷맛을 간직하고 있다. 겉으로는 쉽게 읽혔으나 속으로는 새로 곱씹을 만한 뜻이나 느낌을 지속적으로 상기시켜준다는 말이다. 시의 화자가 "마음을 숨겨 놓았거나/ 행간에 보물을 심어둘 수 있으면 좋으련만"이라고 고백한 뜻도 아마 그런 뒷맛이나 속맛을 지적한 듯하다. 따라서 조선희 시인이 자신의 시를 "낮은 곳으로 향하지요"라고 고백한 속내는 쉽게만 읽힐

뿐 깊은 뒷맛을 남기지 못하는 결과를 겸손하게 고백한
것으로 파악된다.

2. 기억의 저쪽에서 출렁이는 물길 시편

그런데 이번 시집에 수록된 조선희 시인의 시편들이
그런 결과만 보여주는 것은 아니다. 그녀의 시는 분명히
낮은 곳으로 향하는 마음가짐을 반영하고 있으나 수월
하게 읽히면서도 깊은 뒷맛을 안겨주는 시편들도 선보
이고 있기 때문이다.

> 골목길엔 삼촌이 있습니다
> 대문은 놔두고
> 헐거운 우미 망사리를 진 채 돌담을 넘으려
> 안간힘 씁니다
>
> 생각은 허옇게 슬었는데
> 물때만 되면 바다로 내 달립니다
>
> 장롱 속은 온통 파도뿐
>
> 기억의 저쪽은 늘 출렁입니다
>
> — 「기억의 저쪽」 전문

이 작품에 등장하는 삼촌은 두 가지 세상을 혼동하며 살아가는 존재감을 보여준다. "대문은 놔두고" "돌담을 넘으려/ 안간힘" 쓰는 모습이 바로 그런 존재감을 반영하고 있다. 겉으로 보이는 삼촌의 모습은 정신 줄 놓은 사람의 존재감을 드러낸다. 그것이야말로 시에서 너무도 수월하게 읽히는 내용이다. 그런데 삼촌에게는 감추어진 존재감이 도사리고 있다. 이 존재감이 시의 깊은 뒷맛을 여운으로 울려주는 효과를 발휘한다. 그런 뒷맛을 대표하는 시의 내용이 "장롱 속은 온통 파도뿐"이다. "장롱 속"이란 삼촌이 살아가는 또 다른 세상을 대표하는 상징이다. 그것은 그의 마음속에 간직한 세상을 가리키고 있다. 제주에서 한평생을 바쳐 살아온 바다이기에 몸은 온전하지 않아도 마음은 온통 바다로 가득한 삼촌의 존재감은 조선희 시세계가 숨겨놓은 마음과 보물이 무엇인지를 잘 대변해주고 있다. 조선희 시인의 시세계는 제주도의 오늘을 돌이켜 지금은 추억이 되어버린 과거의 생을 찾아가는 물길을 열어 보인다. 그 물길은 오늘을 살아가는 이쪽의 기억보다 어제를 살아간 "기억의 저쪽"을 향해서 "늘 출렁"이고 있다.

3. 에둘러 굽이도는 물길 시편

과거의 생을 찾아서 낮은 곳으로 흘러가는 시의 물길

이 추억을 찾아 떠나는 여행이라면 그 여행은 대체로 두 가지 면모를 드러내는바, 첫 번째 여행은 과거의 상처를 찾아 확인하는 궤적을 보여준다.

가만가만 보게 되네

에둘러 굽이도는 물줄기

외나무다리 걷다가 마주친 눈동자
슬쩍 비켜서는 이유 알겠네

떠나는 이의 젖은 어깨너머
상처 따라 흐르는 이야기

무섬에 와서 절로 알겠네

간당거리는 일상을 젖히고
딱, 보름
머물고 싶네

— 「무섬에서」 전문

무섬은 경북 영주를 흐르는 내성천과 서천이 만나서 둥글게 휘어진 물길을 만들면서 만들어놓은 마을 이름이다. 제주도 출신인 조선희 시인이 경상도의 내륙지방을 주목한 까닭은 아마도 무섬이라는 시골 마을의 물길이 마을을 섬으로 만들어 놓았기 때문일 것이다. 그래서 시의 화자는 "가만가만 보게 되네// 에둘러 굽이도는 물줄기"라고 표현했을 것이다. 그런데 이 작품의 비밀은 바로 "에둘러 굽이도는 물줄기"에 도사리고 있다. 에두르거나 굽이도는 물길이 곧게 흐르는 물길과 다르기 때문이다. 앞에서 나는 추억을 찾아 떠나는 여행을 대표하는 물길의 흐름이 상처를 확인하는 궤적을 보여준다고 언급한 바 있다. 영주의 무섬마을이야말로 물길의 흐름이 만들어낸 독특한 궤적을 보여주는데, 그 궤적은 "에둘러 굽이도는" 속성과 연관되어 있다. 무섬마을은 "에둘러 굽이도는" 물길 탓에 섬처럼 고립된 형상을 갖게 되었다. 그런 고립의 형상은 겉으로 보면 상처의 흔적으로 여겨질 법하다. 시의 화자도 "상처 따라 흐르는 이야기"를 찾아온 것처럼 서술하고 있기도 하다. 하지만 시를 여는 화자의 고백처럼 "가만가만" 들여다보면 무섬마을이 보여주는 물길의 궤적은 상처를 확인하는 흔적이라기보다 상처를 감싸는 흔적으로 보인다. "무섬"이란 명칭의 뜻도 "물 위에 떠 있는 섬"이란 뜻을 갖고 있는데 물이 섬을 감싸 안으면서 받쳐주는 느낌을 환기해준다.

그런 느낌은 무섬마을을 흐르는 물줄기를 가로지르는 "외나무다리"에서도 확인된다. 이제는 관광용으로 기능이 변해버린 무섬마을의 외나무다리는 물길만큼이나 에두른 형상을 보여준다. 태극무늬에 가깝도록 두 차례 휘어진 형상은 곧게 가로지르는 다리와 다른 느낌을 환기해준다. 직선으로 가로지르는 다리가 날카롭게 분리하는 속성을 암시하는 반면에 곡선으로 "에둘러 굽이도는" 다리는 부드럽게 보듬는 속성을 암시해줄 수 있기 때문이다. 그렇게 보듬는 느낌은 외나무다리의 만남에서도 확인되고 있다. "외나무다리 걷다가 마주친 눈동자/ 슬쩍 비켜서는 이유 알겠네"라고 표현된 내용 속에서 양보를 이끌어내는 마음가짐은 서로를 보듬으려는 시선이 마련해 놓은 것이다. 그렇게 상처를 보듬으려는 마음가짐을 누릴 수 있는 곳에서 시의 화자는 머물고 싶어한다.

4. 가족의 생을 보듬는 물길 시편

조선희 시인의 이번 시집에서 상처를 보듬으려는 추억의 세계는 가족의 생을 찾아 떠나는 여행으로 표현되기도 한다.

소뼈를 사다가 솥에 넣으며 생각한다
얼마나 많은 날
뼈에 붙은 살이 저절로 떨어질 때까지
아버지 이야기를 우려냈던가

4.3으로 고아가 되어버린 아버지

딸은 다섯을 낳았지만
아들 하나 얻겠다고 묘소도 이장하고
온 동네 들썩이게 굿판 벌이고

솥 안 거품은 부글부글 끓어오르는데

남의 집은 열심히 고쳐주면서
어머니 타박이 이어져서야 집안 곳곳
살피시던 아버지

목욕탕 갔다가 피부병에 걸린 딸들이 안쓰러워
부엌 한쪽에 만들어 준 예쁜 욕조

책상과 의자, 나무침대, 비자나무 바둑판
고운 결 어루만지던 손길까지
삶의 고명이란 걸 안다

구멍 숭숭 뚫린 뼈다귀를 추려내면서
아버지, 소뼈 같은 손바닥 사이
오십 줄 철없는 딸
오랜만에 나무의자에 앉아 우려낸 곰국 들이켜며
훌쩍훌쩍

– 「곰국」 전문

이 작품에서 가족의 생을 대표하는 주인공은 아버지이다. 아버지의 생은 유년시절의 상처에 대한 추억으로 환기되지만, 그 상처는 처음부터 보듬는 마음의 대상이 되지는 못한다. 그것은 그저 "소뼈"에 "붙은 살이 저절로 떨어질 때까지" 우려내야만 하는 이야깃거리에 불과했을 따름이다. 오히려 아버지의 생은 가정에 소홀하고 남을 돌보는 일에만 열심인 타박거리로 간주되었을 따름이다. 타박거리에 대한 추억은 "솥 안 거품"이 "부글부글 끓어오르는" 정황 속에서 절정에 도달한다. 그런데 그러한 정황은 타박거리로서의 추억을 정겨움의 추억으로 변화시키는 화학작용을 일으켜서 주목해야만 하는 순간이기도 하다. 그 정황이야말로 제주도 "4.3으로 고아가 되어버린 아버지"의 상처를 이제는 아버지의 연배가 되어가는 딸이 보듬을 수 있도록 그리움의 불쏘시개가 한껏 지펴지는 순간이기도 하다. 그리하여 아버지의 "구멍 숭숭 뚫린 뼈다귀" 같은 상처의 흔적들을 "삶의 고명"으로 받아들일 수 있을 만큼 생의 연륜을 이끌어낸 딸은 뜨거운 눈물을 흘린다. 그 눈물은 아버지의 생과 딸의 생을 하나로 이어주는 물길의 역할을 수행한다. 그것은 영주의 내성천과 서천을 하나로 이어주며 무섬마을을 감싸고 흐르는 물길의 속성을 환기해준다. 두 개의 강물이 합쳐지듯 상처로 분리되었던 아버지와 딸의 삶도 가족의 유대감을 회복해 서로의 상처를 보듬어주게 되는 것이다.

5. 자연의 위로와 소망을 확인하는 물길 시편

　조선희 시인의 이번 시집에서 추억을 찾아 떠나는 두
번째 여행은 자연에 대한 그리움으로 표현되어 있다.

　　　무더위는 좀체 가실 줄 모르고
　　　사는 게 버거운 날
　　　시외버스를 타고
　　　첫사랑 이름 애월, 이라고 말하면
　　　붉게 물든 바다 저편
　　　그리운 달의 난간에 내려주겠지

　　　그동안 고생만 했을 두 발
　　　찰방찰방 담그고 눈을 감으면
　　　포기하지 말고 힘내라는 간곡한 말
　　　촘촘하게
　　　복사뼈 깊이 새겨 주겠지

　　　산다는 답이 보이지 않을 때
　　　눈을 감고
　　　속 깊은 당신을 떠올리면
　　　메마른 안쪽에도 어느새 밀물이 차올라서

　　　홀로 난간에 앉아

다음을 기약하는 애월

－「애월에 서다」 전문

이 작품에서는 추억으로의 여행이 과거로 거스르는 속성을 갖는다는 점에서 "첫사랑"의 시절이 소환되고 있다. 그런데 그 대상은 사람이 아니다. 그것은 "첫사랑 이름은 애월,이라고" 제주도의 바닷가 마을 이름으로 설정되어 있다. 그런데 3연에서는 "속 깊은 당신을 떠올리면"이라는 구절이 제시되어 있어서 첫사랑의 대상이 인간으로 여겨지기도 한다. 그렇다면 첫사랑의 대상은 애월에 함께 찾아왔던 사람이었을까? 그럴 수도 있을 것이다. 하지만 좀 더 시편의 속내를 음미해보면 애월이라는 지명이 의인화되고 있다는 사실을 발견하게 된다. 그럴 경우 "속 깊은 당신"이란 독특한 조건을 간직한 애월을 지칭하는 것이 된다. 그때의 독특한 조건이란 현재의 애월이 아니라 언젠가 찾았던 과거의 애월을 말한다. 시의 화자는 언젠가 홀로 애월을 찾아 자연과의 절실한 교감을 누린 바 있다. "붉게 물든 바다 저편/ 그리운 달"이 그때 누린 교감의 분위기를 확인해준다. 아마도 저녁 무렵에 서쪽 바닷가인 애월 마을을 찾아서 붉게 노을이 지고 밝은 달이 떠오르는 광경을 넋 놓고 바라보았을 것이다. 그리고 지는 해보다는 떠오르는 달이 더욱 마음을 사로잡았던 듯하다. 지명이 애월이라서 그렇기도 했겠으나 지는 해를 대신하여 떠오른 달이 시적 화자의 마음

속에 잔잔한 위로와 소망을 안겨주었기 때문일 것이다. 그때의 자연으로부터 받은 잔잔한 위로와 소망을 시의 화자는 "속 깊은 당신"이라고 호명하고 있을 것이다. 훗날 다시 애월을 찾은 까닭도 "속 깊은 당신"이 그리웠기 때문이리라. "사는 게 버거운 날" 찾아왔으며 "그동안 고생만 했을 두 발"을 바닷물에 "찰방찰방 담그고 눈을 감으면" 그때처럼 "포기하지 말고 힘내라는 간곡한 말"을 들려주리라는 기대감을 안고 찾아왔기 때문일 것이다. 그런 기대감으로 애월 바닷가 풍경을 마주하니 마음 "메마른 안쪽에도 어느새 밀물이 차"오르는 느낌을 누리게 된다. 이것이 바로 첫사랑을 다시 확인하는 마음이다.

6. 물길 여행의 낮은 이정표

조선희 시인이 제주도의 애월이나 경상북도의 무섬마을로 물길을 찾아 떠나는 여행은 생의 상처를 감싸주는 자연의 내밀한 속성을 찾아내 누리는 보람을 안겨준다. 그 여행은 가족에 대한 유대감을 확인하는 추억 여행의 성격도 간직하고 있다. 그러한 물길 여행은 생의 높은 곳을 기웃거리거나 떠돌기보다 생의 낮은 곳을 찾아 떠나도록 안내하는 역할을 수행할 때가 많다. 그곳으로의 추억 여행은 "고생만 했을 두 발/ 찰방찰방 담그"도록 인도하며 생을 "포기하지 말고 힘내라는 간곡한 말"을 들려주기도 한다. 조선희 시인의 이번 시집에 출현하는 여행의 행로는 그렇게 인생을 자연으로 이끌어 보듬는 물길의 낮은 이정표로 제시되어 있는 것이다.